Gabi Meyer  Große Aufregung um Samt und Pfötchen

VERLAG

Verpasst nicht die weiteren Abenteuer der kleinen Tierfreundin Pauline:

„Zweimal Wirbelwind“
„Lord Lasse und Prinz Willi“
„Geburtstag im Heu“
„Rosenduft im Pferdestall“
„Ein Hoffest für die Tiere“
„Frohe Weihnachten für 2- und 4-Beiner“

Gabi Meyer

Große Aufregung um Samt und Pfötchen

VERLAG

Bibliografische Information der Deutschen Nationalbibliothek
Die Deutsche Bibliothek verzeichnet diese Publikation in der Deutschen Nationalbibliografie; detaillierte bibliografische Daten sind im Internet über http://dnb.dnb.de abrufbar.

www.medu-verlag.de

Gabi Meyer
Große Aufregung um Samt und Pfötchen

Dreieich bei Frankfurt/M.
Lektorat: Stefanie Konstanze Völker
Umschlagmotive und Bilder im Innenteil:
Karin Walter

Printed in EU

ISBN 978-3-96352-052-5

Pauline wird von einem lauten Stimmengewirr geweckt. Verschlafen blinzelt sie in die Morgensonne. Die Stimmen dringen von der Küche herauf in ihr Kinderzimmer.
Plötzlich ist sie hellwach. Sind das Oma Rund und Oma Löckchen, die sie da hört?
Flink steigt sie aus ihrem Bett, öffnet die Tür und läuft die Treppe runter.
Ja, jetzt hört sie es deutlich. Ist denn heute der Oma-Tag? Hat sie verschlafen? Jetzt kann sie auch Opa Honig hören. Warum sind alle hier? Ganz schnell öffnet sie die Küchentür. Und wirklich – alle sind dort mit Mama und Papa versammelt. Pauline strahlt.
„Guten Morgen, kleiner Wirbelwind“, sagt Mama und umarmt sie.
Jetzt schnappt Papa Pauline und nimmt sie auf seinen Arm. „Ich muss dich wohl tragen, denn ich sehe, du hast deine Hausschuhe vergessen.“
Er spielt mit ihr Flugzeug und nacheinander landet sie bei Oma Löckchen, Opa Honig und Oma Rund. Bei jeder Landung bekommt sie ein Küsschen und eine Umarmung.

Lautes Quietschen und Lachen erfüllt den Raum.
„Genug geflogen." Mama lacht. „Na, wunderst du dich, warum wir schon so früh Besuch haben?", fragt sie.
Pauline nickt.
„Wir werden dir gleich alles verraten, aber vorher gehen wir ins Bad. Ich helfe dir, dann sind wir geschwind fertig. Wir haben heute etwas Wichtiges vor."
„Was machen wir denn?", fragt Pauline und läuft flink ins Bad. Mit der Zahnbürste im

Mund steht sie im Türrahmen und versucht noch Fragen zu stellen, aber durch den ganzen Zahnpasta-Schaum kann man nur ein undeutliches Wirrwarr von Worten hören.
Mama muss lachen und lässt sie erst einmal alleine.
Das Waschen geht heute schnell und schon nach kurzer Zeit ruft Pauline: „Fertig!"
„Hast du geschummelt?", fragt Mama. Sie kommt ins Bad und fängt an Paulines Haare zu bürsten und ihr zwei Zöpfe zu flechten. Ein Schmunzeln huscht über Mamas Gesicht.
Zurück in der Küche sieht Pauline Opa, wie er gerade Milch in eine große Tasse gießt.
„Möchtest du Honig von meinen fleißigen Honigbienen in deine Milch?"
„Hm ja, lecker! Und ein Honigbrötchen möchte ich auch."
„Prima", sagt Papa. „Es ist gut, wenn wir alle kräftig frühstücken, denn uns erwartet heute eine wichtige Aufgabe, die auch etwas länger dauern kann."
Jetzt rutscht Pauline aufgeregt auf ihren Stuhl hin und her.

„Ja“, bemerkt Oma Rund. „Heute wird es anstrengend. Ich habe extra meine Wanderschuhe mitgebracht.“
Pauline macht große Augen.
Jetzt fängt Mama an zu erzählen und man kann an ihrer Stimme hören, wie besorgt sie ist: „Unsere Katzen Samt und Pfötchen sind schon seit drei Tagen nicht mehr auf unserem Hof zu sehen. Nachts sind sie zwar immer unterwegs, um die Gegend zu erkunden und die Mäuse zu vertreiben, aber am Vormittag sieht man die zwei immer genüsslich ihre Schüsseln mit Milch ausschlecken. Anschließend putzen sie sich auf dem großen Heuballen und machen es sich dann auf einer alten weichen Decke gemütlich. Wenn Lasse und Willi laut bellen, weiß man immer, dass sie zurück sind. Ihr wisst ja, sie sind nicht gerade die allerbesten

Freunde. Aber Samt und Pfötchen lassen sich wenig davon beeindrucken, denn sie wissen, oben auf dem Heuballen sind sie sicher. Da kommen die Hunde nicht an sie heran. Irgendetwas muss passiert sein, sonst wären sie schon längst zurück."

Jetzt schaut Pauline traurig. „Aber wo können sie denn sein?"

„Wir werden es hoffentlich gemeinsam herausfinden. Aus diesem Grund sind Opa und die Omas schon so früh bei uns", sagt Mama. „Wir haben sie gebeten uns bei der Suche zu unterstützen."

Aufgeregt springt Pauline vom Stuhl auf. „Wir müssen sie suchen", sagt sie und eilt zur Tür.

„Langsam", ruft Papa. „Wir haben einen Plan. Wir werden uns in drei Gruppen aufteilen, denn dann können wir zur selben Zeit in verschiedenen Richtungen Ausschau nach den beiden halten."

Mama erzählt, was sie vorhat: „Ich sattele unser Pferd Krönchen und werde den großen Acker entlangreiten."

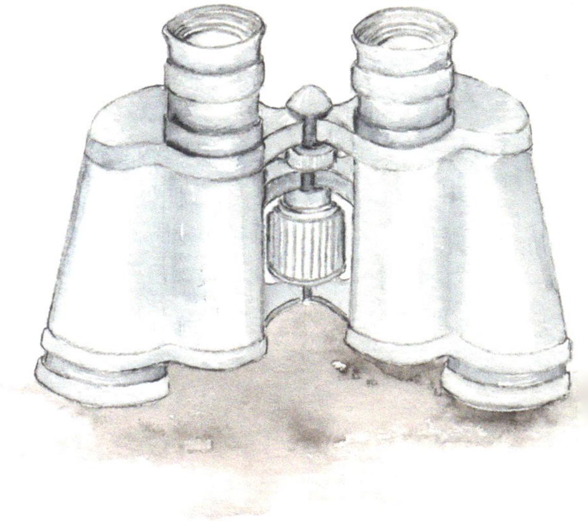

„Nimm das Fernglas mit“, schlägt Papa vor. „Dann kannst du auch in großer Entfernung alles gut erkennen. Oma Rund und Opa Honig gehen am kleinen Bach entlang. Vielleicht spielen sie am Wasser oder fangen auf der großen Storchenwiese Schmetterlinge.“

„Und wir zwei“, dabei schaut Papa Pauline verschwörerisch an, „nehmen uns die Lichtung und den Waldrand vor. Ich habe sie vor einiger Zeit dort herumschleichen sehen. Du kannst schon das Halsband und die Leine von Lord Lasse holen.“

„Darf er denn mit?“, fragt Pauline. „Und bekommt Willi auch seine Leine?“

„Nein“, erklärt Papa. „Prinz Willi ist noch ein unerfahrener Welpe. Er passt mit Oma Löckchen auf den Hof auf. Denn es muss ja jemand hierbleiben und warten, falls Samt und Pfötchen zurückkommen. Willi wür-

de nur herumtollen und dabei die Tiere im Wald stören. Lasse dagegen ist ein richtiger Spürhund. Wir werden deinen kleinen Bollerwagen mitnehmen. Dort hinein legen wir die Katzendecke. Daran kann Lasse immer riechen, um die Spur der beiden zu finden."
Pauline hat genau zugehört. „Ich werde sie finden", sagt sie entschlossen. Alle nicken ihr zuversichtlich zu.
Auf dem Hof ruft Papa nach Lasse. Blitzschell kommt er angelaufen, Willi natürlich im Schlepptau.
Oma Löckchen schaut Willi an und sagt: „Du musst warten. Wir bleiben hier und passen auf den Hof auf."
Als hätte es der kleine Wicht genau verstanden, legt er sich neben Oma Löckchen langgestreckt hin und schaut erwartungsvoll.
Pauline plappert: „Du musst nicht traurig sein. Bald darfst du auch mal mit. Du musst aber erst so groß wie Lasse werden und deine Schnüffelnase muss auch groß werden."
Dabei geht sie in die Hocke und stupst Willi leicht auf die Schnauze.

Alle müssen herzlich lachen.
Jetzt wird Lasse das Halsband mit der Leine angelegt. Lasse spürt, dass etwas Wichtiges passiert und setzt sich aufmerksam kerzengerade hin.
Papa nimmt die Decke von den Katzen und hält sie Lasse unter die Nase. Ausgiebig beginnt er daran zu schnüffeln und zu pusten. Immer und immer wieder.
„Gut“, lobt ihn Papa. „Das machst du gut.“

Anschließend legt Papa die Decke in den Bollerwagen. Zu Pauline sagt er: „Steig ein, ich ziehe dich bis zum Waldrand. Dann kannst du noch etwas ausruhen. Wir werden später bestimmt lange laufen.“
Schwupps sitzt Pauline im Wagen. Sie bekommt Lasses Leine in die Hand. Papa legt noch eine Tasche zu ihren Füßen, dann nimmt er die Wagenstange und schon ist das Suchgespann startbereit.

In diesem Moment reitet Mama auf ihrem Pferd Krönchen an ihnen vorbei. Auf ihrem Rücken trägt sie heute einen großen Rucksack.

„Wozu brauchst du denn einen Rucksack?“, fragt Pauline verwundert.
Sie weiß, dass er eigentlich nur im Urlaub mitgenommen wird, weil dort viele Dinge hineinpassen.
„Das hast du gut beobachtet“, sagt Mama. „Ich habe ihn zur Vorsicht mit. Darin ist eine kleine Decke, eine Schüssel und viel Wasser. Vielleicht haben Samt und Pfötchen Durst, wenn ich sie finde.“
Pauline nickt.
„Bis nachher und viel Glück bei der Suche!“, ruft Papa ihr nach.
„Euch auch viel Glück!“ Im fleißigen Schritt verlässt sie mit ihrem Pferd Krönchen den Hof. Laut wiehert Krönchen und seine Pferdefreunde auf der Koppel wiehern zurück.
Am Koppelzaun kann man das Fohlen Wirbelwind auf und ab galoppieren sehen.
„Du musst auch hier bleiben“, ruft Pauline ihm zu. „Du bist auch noch zu klein.“
Oma Rund und Opa Honig sieht man schon mit zügigen Schritten Richtung Bach und Storchenwiese laufen.

Oma Löckchen, die mit Willi zurückbleibt, winkt allen noch nach. „Viel Glück!“, ruft sie noch einmal und hofft, dass sie Samt und Pfötchen finden.
Willi, der hinter seinem Freund Lasse herlaufen möchte, hört das Kommando „Warte“. Gehorsam geht er mit Oma Löckchen über den Hof in Richtung Scheune. „Wir suchen hier, Willi. Vielleicht haben sie sich versteckt.“

In der Zwischenzeit sind Oma Rund und Opa Honig am kleinen Bach angekommen. „Siehst du die kleine Brücke?“, fragt Opa Oma. „Ja“, antwortet sie. „Dort treffen wir uns nachher. Einer geht rechts und der Andere links am Bach entlang.“

„Einverstanden“, sagt Oma und die Suche beginnt.
Opa hat sogar seine großen Gummistiefel angezogen. Immer wieder watet er durch den flachen Bach und sucht die steile Böschung ab.
„Eine gute Idee“, sagt Oma anerkennend. Immer wieder ruft Oma die Namen der beiden Katzen. Sie kennen Omas Stimme ganz genau, denn wenn sie zu Besuch kommt, gibt es immer ein kleines Katzenleckerli und Bäuchleinkraulen.

Als Mama am Feldrand ankommt, klopft sie ihr Pferd Krönchen am Hals und sagt: „Dann wollen wir mal unsere kleinen Ausreißer suchen.“ Im langsamen Trab beginnt sie das große Feld abzureiten.
Immer wieder bleibt sie mit ihrem Pferd stehen und nimmt ihr Fernglas, um alles besser sehen zu können. Sie ruft die Namen der Katzen und „Mulle Mulle“. Das ist immer das Zeichen für die Katzen, dass es frische Milch gibt.
Auf einmal sieht sie in weiter Entfernung ein Fellknäuel, das sich langsam bewegt. Mamas Herz fängt vor Aufregung an ganz schnell zu schlagen. Gespannt schaut sie immer wieder in die Richtung. Aber dann muss sie leider erkennen, dass es nicht Samt und Pfötchen sind, sondern nur zwei muntere Feldhasen, die inzwischen übermütig Haken schlagen.
„Schade“, sagt sie laut und galoppiert im leichten Sitz weiter.

Zur selben Zeit befindet sich das Gespann Papa, Pauline und Lasse am Waldrand. Las-

se läuft ganz aufmerksam an der Leine neben dem Wagen her. Man sieht, wie er schnüffelt und den Geruch des Waldes aufnimmt.
Papa erklärt Pauline, dass es für Lasse jetzt sehr anstrengend ist, aber gleichzeitig auch sehr schön. „Er hat mal wieder eine richtige Aufgabe und weiß, dass wir seine Hilfe brauchen."
„Ja", erwidert Pauline. „Bestimmt riecht er die Rehe und Hasen, die wir Weihnachten gefüttert haben. Und die Eichhörnchen und Igel."
„Bestimmt", antwortet Papa. „Wir müssen jetzt wieder sehr leise sein, um die Tiere nicht aufzuschrecken."
Vorsichtig nimmt Papa Pauline aus dem Bollerwagen. Ab hier geht es zu Fuß weiter.
„Wir gehen etwas in den Wald hinein und du kannst helfen unsere beiden Freunde zu finden. Beobachte die Bäume. Vielleicht sitzen sie oben in den Ästen, weil sie sich vor etwas sehr erschreckt haben."
„Das mache ich", sagt Pauline und ist stolz, dass sie so eine wichtige Aufgabe hat.

Papa schaut Lasse an, der schnüffelnd seine Hundenase in die Luft hält. „Jetzt brauchen wir auch deine Hilfe."
Noch einmal legt Papa die Katzendecke vor Lasse auf den Boden und lässt ihn ausgiebig daran riechen.
„Der schnuppert aber doll", meint Pauline.
„Ja, das ist sehr aufregend für ihn", antwortet Papa. Immer noch an der Leine beginnt Lasse eine Spur aufzunehmen. „Bist Du bereit?", fragt Papa Pauline. Sie ist ganz aufgeregt und kann nur nicken. „Der Bollerwagen bleibt hier. Den nehmen wir auf dem Rückweg wieder mit."
Und los geht es.

Pauline versucht ihre Aufgabe gut zu meistern und die Katzen in den Bäumen zu entdecken. Leise ruft sie immer wieder ihre Namen. Zwischendurch stolpert sie ein paar Mal, aber sie läuft tapfer weiter hinter Papa und Lasse her.

Manchmal raschelt es in den Bäumen und dann ruft Pauline aufgeregt: „Ich habe sie gefunden!“ Aber es ist nur der Wind oder die Vögel oder Eichhörnchen, die sich über die Besucher wundern. Immer wieder hält Papa die kleine Decke an Lasses Nase.

Nach kurzer Zeit bleibt Lasse ruckartig stehen. Papa und Pauline beobachten ihn neugierig. Dann läuft er auf einmal eilig mit seiner Nase tief im Waldboden in Schlangenlinien hin und her.

„Ich glaube, er hat die Spur“, sagt Papa und nimmt Pauline auf die Schultern, damit sie schneller vorankommen und sich bei der Suche nicht verlieren. „Halt dich gut fest, denn es wird etwas wackelig."

Pauline lacht und ruft „Schneller, schneller" wie auf einem Karussell.

Die Spürnase von Lasse führt sie immer tiefer in den Wald. Mal läuft Lasse langsam und dann wieder schnell. Mal hebt er seinen Kopf und hält seine Nase in den Wind und im nächsten Moment bleibt er stehen.

„Brav", sagt Papa und hält ihm die Decke noch einmal vor.

Plötzlich will Lasse durchstarten, die Leine ist auf Spannung und er beginnt zu bellen.

„Er hat sie gefunden!", ruft Pauline aufgeregt und möchte am liebsten mitlaufen.

Jetzt schaut Papa Lasse genau an, löst den Haken von der Leine und gibt das Kommando „Such".

Wie ein Pfeil stürmt der Hund in Richtung eines dichten Gebüsches los. „Halt dich gut fest", sagt Papa.

In diesem Moment hören sie Lasse abermals bellen. Immer und immer wieder gibt er Laut. Ein starkes Rascheln und Lasse kommt zu-

rück und steht aufgeregt mit seiner Rute wedelnd vor den beiden. Papa nimmt Pauline rasch von seinen Schultern und befestigt die Leine wieder an Lasses Halsband. Ein kleines Leckerli und das Klopfen am Hals sollen dem Hund zeigen, dass er seine Aufgabe gut gemacht hat.
Mit zügigen Schritten geht es weiter durch den Wald. Lasse vorneweg, Papa mit der Leine in der Hand hinterher und Pauline an Papas anderer Hand, die so schnell läuft, wie ihre Füße sie tragen. Am liebsten würde Lasse losstürmen, das merkt man ihm an.

Die Büsche werden inzwischen immer dichter und sie kommen nur noch langsam voran. Also lässt Papa Lasse wieder von der Leine und schon ist er verschwunden. Sein kräftiges Bellen weist ihnen den Weg. Zweig um Zweig wird zur Seite gedrückt, dann können sie Lasse sehen, der langgestreckt neben Pfötchen liegt, die leise vor sich hin maunzt.
„Da sind sie“, ruft Pauline freudig. „Wir kommen!“ Im selben Moment bemerkt sie, dass die Katze Samt nicht zu sehen ist. „Samt ist nicht da. Wo ist Samt?“, fragt sie erschrocken.
„Die werden wir schon noch finden“, beschwichtigt Papa Pauline, der schon eine Ah-

nung hat, wo die Katze sein könnte. Direkt neben Pfötchen liegt ein großes gelbes Netz, das sich gerade noch leicht bewegt hat.
Er ruft Lasse zu sich. Stolz kommt er auf Papa zugelaufen und bekommt noch eine Belohnung. „Warte hier mit Lasse und ich sehe erst einmal nach, ob Pfötchen unverletzt ist, dann könnt ihr nachkommen. Lob Lasse tüchtig, denn ohne seine prima Schnüffelnase hätten wir sie im dichten Gebüsch niemals gefunden."
Pauline streichelt ausgiebig Lasses Ohren. Das ist seine Lieblingsstelle. Aber ihren Papa lässt sie dabei nicht aus den Augen. Er geht ganz langsam auf Pfötchen zu, streicht ihr über das struppige Fell und sagt: „Gut, dass Lasse dich gefunden hat." Vorsichtig zieht er nun das Netz zur Seite. In diesem Moment hört man ein leises Wimmern. „Aha, hier ist sie", sagt Papa. Pauline kann nicht länger warten und schon steht sie mit Lasse neben Papa.
„Keine Sorge", hört sie Papa flüstern. „Gleich bist du wieder frei." Jetzt sieht auch die klei-

ne Tierfreundin, was mit Samt passiert ist. Zwischen allerlei Müll, Plastik und Blechdosen sieht sie die ängstlich schauende Katze. Papa erklärt: „Da hat es sich aber einer sehr einfach gemacht und seinen Müll im Wald entsorgt. Sicherlich ist der Geruch von Fischresten in der Fischdose dem kleinen Vielfraß zum Verhängnis geworden. So hat sich Samt im Netz verheddert und keinen Ausweg mehr gefunden. Das Netz hat sich fest um ihre Beine gewickelt. Je mehr sie versucht hat sich zu befreien desto fester hat sich das Netz gezogen. Eben ein richtiger Maschensalat."

Pauline antwortet: „Ich weiß, dass man seinen Müll nicht einfach irgendwohin werfen darf. Wir haben darüber schon im Kindergarten gesprochen. Dazu gibt es nämlich Mülltonnen."

Mit seinem Taschenmesser zerschneidet Papa das Netz und schnell ist die Katze wieder frei. Papa nimmt sie behutsam auf den Arm. Ihr lautes Maunzen zeigt, wie froh sie ist. Auch Pfötchen maunzt immerzu und schleicht dankbar um Papas Beine.
„Sie freuen sich“, ruft Pauline.
„Ja“, sagt Papa. „Sie sind Freundinnen. Pfötchen hat gut auf Samt aufgepasst und sie nicht allein gelassen.“ Papa schaut die Katze noch einmal an und sagt: „Zum Glück ist sie unverletzt.“ Vorsichtig setzt er sie neben ihre Freundin auf den Waldboden. Beide Katzen schmiegen sich aneinander. Lasse wedelt mit seiner Rute und Pauline streichelt alle glücklich.
Rasch nimmt Papa aus seiner Tasche eine Schüssel und eine Wasserflasche. Kaum ist das Wasser eingegossen, beginnen die Katzen tüchtig zu saufen. Schnell ist die Schüssel bis zum letzten Tropfen leer und Papa gießt nach. Lasse bekommt auch einen großen Schluck. Schlapp, Schlapp. Man kann richtig sehen, dass auch Lasse sehr durstig war.

Mit seinem Handy ruft Papa Oma Löckchen an, um ihr zu erzählen, dass die Katzen gefunden sind.
Während er telefoniert, ruft Pauline immer wieder dazwischen: „Samt war gefangen. Lasse hat sie gefunden."
„Das stimmt", sagt Papa. „Wir sind gleich zu Hause. Sag bitte den anderen Bescheid, dass die Suche zu Ende ist."
Die Suchgruppe um Papa macht sich auf in Richtung Bollerwagen. Papa hält die beiden Katzen auf seinem Arm und in der anderen Hand trägt er das Müllnetz.

„Was machen wir denn damit?“, fragt Pauline verwundert, die mit Lasse an der Leine hinterherläuft.
„Müll gehört in die Mülltonne und nicht in den Wald. Wir nehmen das Netz mit, nicht dass sich noch einmal ein Tier darin verfängt.“
Am Bollerwagen angekommen legt Papa die Katzendecke hinein. Beide Katzen, die sichtbar müde sind, werden darauf gesetzt. Auch das große Netz mit dem Müll bekommt einen Platz. Dann machen sie sich auf den Rückweg.

Zügig kommen sie voran. Bald können sie den Hof schon sehen.
Lasse stürmt los, denn er hat Willi entdeckt, der ihnen entgegenläuft. Auf dem Hof warten schon alle.
Pauline ruft voller Stolz: „Wir haben sie gefunden!“
Mama, die gleich zum Wagen eilt, nimmt vorsichtig beide Katzen auf ihre Arme. „Und es ist wirklich keiner verletzt?“, fragt sie voller Sorge.
„Nein“, Papa schaut Mama glücklich an. „Unser Lasse hat sie rechtzeitig gefunden, sodass nichts Schlimmeres passiert ist.“ Alle betrachten zufrieden die vermissten Katzen.
Opa Honig findet als Erster seinen Humor wieder: „Sie sehen ja wie der Struwwelpeter aus.
„Das stimmt“, meint Mama. „Aber heute gibt es nur noch Fressen und dann können sie sich auf ihrem Heuballen von dem großen Schreck ausruhen. Morgen ist dann Katzenpflege angesagt.“
Alle beginnen einander von ihrer aufregenden Suche zu berichten.

Mama erzählt von den Hasen, Oma von den Störchen und Opa von den vielen Fröschen, die er am Bach gesehen hat.
Aber am meisten wird Lasse gelobt. Und alle sind sich einig, dass er die beste Schnüffelnase hat. Von allen wird er tüchtig gekrault. Ein Leckerli wandert schnell aus Oma Runds Tasche in Lasses Maul. Und noch eins. Ein lautes Bellen von Willi heißt wohl so viel wie „He, ich bin auch noch da". Und alle lachen.
Daraufhin bekommt Willi auch eine Belohnung. „Ja", sagt Oma Löckchen, „du bist der beste Wachhund." Sie wuschelt durch sein Fell. „Ich wusste, dass alles gut geht", sagt sie. „In der Zwischenzeit war ich auch fleißig." Sie zeigt auf den Gartentisch.
Dort kann man Tassen und Teller sehen. Und ein großes Glas mit Limonade für Pauline. In der Mitte steht eine Kuchenplatte.
Pauline ruft freudig: „Guckt mal, ein Katzenkuchen!" Sie tanzt um den Tisch herum. „Mit bunten Schokolinsen. Hm ..."
„Jetzt Hände waschen, wir treffen uns gleich am Tisch."

Alle sitzen schon und erzählen von dem aufregenden Tag, nur Oma Rund und Pauline fehlen noch.

Nach einiger Zeit kommen die beiden wieder auf den Hof.
„Was habt ihr denn noch so lange gemacht?“, fragt Mama verwundert.
„Das wirst du gleich sehen.“ Pauline kichert.
In diesen Moment ruft Oma Rund Lasse und Willi.
Beide Hunde finden sich blitzschnell ein, denn sie wissen, wenn Oma Rund ruft, gibt es bestimmt etwas Leckeres. Das Komman-

do „Sitz“ folgt. Schnell hängt Pauline beiden je ein Schild aus grüner Pappe um, das Oma gemeinsam mit ihr gebastelt hat. Mit einer Schleife werden die Schilder am Halsband befestigt.
„Das sollen Orden sein“, erklärt Pauline stolz. Auf Lasses Schild kann man „Bester Suchhund“ lesen und auf Willis Schild steht „Bester Hofhund“.
„Das stimmt wirklich“, meint Papa zufrieden.
Anschließend bekommt Lasse einen sehr großen Knochen und Willi einen kleineren. Beide legen sich unter den Tisch und man kann sie genüsslich knabbern hören.

Nach der allgemeinen Stärkung gehen alle noch einmal zu den Heuballen, auf denen es sich die Katzen gemütlich gemacht haben. Papa trägt die müde Pauline auf seinem Arm. Samt und Pfötchen lugen verschlafen aus dem Heu hervor, man kann nur zwei kleine Katzenköpfe sehen.

„Alles noch mal gutgegangen“, meint Opa Honig. „Lassen wir sie schlafen. Sie können vor Müdigkeit kaum die Augen offen halten.“
„Jetzt bin ich aber auch müde“, meint Oma Rund.
Alle verabschieden sich. Mama und Papa bedanken sich noch einmal für die Hilfe. Dann bemerken sie, dass Pauline in der Zwischenzeit auf Papas Arm eingeschlafen ist.
„Ja, das war anstrengend“, meint Mama. „Heute gibt es Mittagsschlaf.“ Sie gehen in Richtung Haus.
Noch einmal schaut sich Mama um. Es ist still auf dem Hof. Man hört die Pferde abschnauben. Wahrscheinlich erzählt Krönchen dem Fohlen Wirbelwind von seinem Abenteuer. Mama schaut noch einmal die Hunde an und ist froh. „Danke mein Freund“, flüstert sie Lasse leise zu.

ÜBER DIE AUTORIN

Gabi Meyer wurde 1960 in Magdeburg geboren. Nach dem Schulabschluss machte sie eine Ausbildung an der Fachschule für Kindergärtnerinnen und trat 1979 in das Berufsleben ein. Durch die Geburt ihrer zwei Kinder orientierte sie sich neu, arbeitet seitdem in einem mittelständigen Unternehmen, inzwischen als Betriebsleiterin.

Die Idee und den Wunsch ein Kinderbuch zu schreiben, hat die Autorin schon viele Jahre in ihrem Herzen getragen. Doch die Familie, engste Freunde und Bekannte wussten, sobald ein Enkelkind geboren wird, möchte sie die Idee in die Tat umsetzen und ihm eine Geschichte schenken.

Eigentlich sollte nach sechs Bänden Schluss sein, doch auf Wunsch ihrer treuen kleinen Leser entstand mit „Große Aufregung um Samt und Pfötchen“ noch Gabi Meyers siebtes Kinderbuch.